Isabelle Larouche

Charaté Kid

Shawinigan et Shipshaw, tome 5

Illustrations
Nadia Berghella

D1482328

Collection Oiseau-mouche

Éditions du Phœnix

© 2013 Éditions du Phœnix

Dépôt légal, 2013
Imprimé au Canada

Illustrations : Nadia Berghella
Graphisme de la couverture : Guadalupe Trejo
Graphisme de l'intérieur : Hélène Meunier
Révision linguistique : Hélène Bard

Éditions du Phœnix

206, rue Laurier
L'île Bizard (Montréal)
(Québec) Canada H9C 2W9
Tél.: (514) 696-7381   Téléc.: (514) 696-7685
www.editionsduphoenix.com

**Catalogage avant publication de Bibliothèque et
Archives nationales du Québec et Bibliothèque et
Archives Canada**

Larouche, Isabelle, 1968-

    Charaté Kid
    (Collection Oiseau-mouche ; 20)
    Pour enfants.
    Texte en français seulement.
    ISBN 978-2-923425-96-2
    I. Berghella, Nadia. II. Titre. III. Collection : Collection
Oiseau-mouche ; 20.
PS8573.A737C42 2013   jC843'.6   C2013-940072-9
PS9573.A737C42 2013

Conseil des Arts Canada Council Nous remercions le Conseil des
du Canada for the Arts Arts du Canada de l'aide accordée
à notre programme de publication.

Éditions du Phœnix remercient la SODEC pour l'aide accordée à leur programme de publication. Nous reconnaissons
l'aide financière du gouvernement du Canada par l'entremise
du Programme d'aide au développement

Éditions du Phœnix bénéficie également du Programme de
crédit d'impôts pour l'édition de livres – Gestion SODEC – du
gouvernement du Québec.

Isabelle Larouche

Charaté Kid

Shawinigan et Shipshaw, tome 5

Éditions du Phœnix

La vie peut nous mettre au tapis,
mais c'est à nous de choisir
si l'on veut ou non se relever.

Karaté Kid, Mr. HanParker.

À ceux qui choisissent leur combat...

Présentation

Miaou ! Je m'appelle Shipshaw, et je suis un chat de gouttière. Je partage une grande maison avec Annabelle et Julien, la vilaine Shawinigan et mes petites amies, les souris, Hector et Herminette.

Je connais bien les habitants de mon quartier : des chats de tout acabit, une multitude de rongeurs, mais aussi des dizaines d'autres créatures à quatre pattes. Je suis curieux, et mes moustaches frétillent de bonheur, surtout quand je suis sur le point de vivre une nouvelle aventure. Ce qui tombe bien, car dans mon quartier, il en arrive presque tous les jours !

J'ai bon caractère et plein d'idées. On dit aussi que je suis gourmand. Voilà pourquoi, sans doute, mon ventre grossit et arrondit sans arrêt ! Mais tout le monde m'aime comme je suis, et c'est parfait ainsi.

Vous devinez bien que j'ai une autre histoire à vous raconter. Et elle est vraie ! Je vous le jure !

1

Ah! Quelle chat-leur!

J'adore les soirées d'été! Le soleil se couche plus tard, et les habitants du quartier flânent long-temps après la tombée de la nuit. Dès que le soleil disparaît à l'horizon, la nature devient ombra-gée, et il fait plus frais.

Shawinigan regarde les pas-sants d'un oeil paresseux, allon-gée sur l'herbe. Je viens m'étendre à ses côtés.

— Tu as l'air épuisée, lui fais-je remarquer. D'habitude, tu te reposes sur une chaise du balcon, pas en plein milieu du terrain comme ça !

— J'ai eu si chaud aujourd'hui ! se plaint l'élégante chatte, en pointant le nez vers les étoiles.

— Moi aussi ! À tel point que j'enviais Annabelle et Julien de pouvoir se rafraîchir dans la piscine.

— Ne me dis pas que tu rêves de suivre des cours de natation ! lance-t-elle pour se moquer. Un chat nageur ? On aura tout vu !

— Pourtant… Ce ne serait pas la première fois. Te souviens-tu quand Annabelle m'a ramené à la maison, alors que j'étais encore un tout petit chaton ?

— Oh que oui ! lâche Shawinigan, se remémorant ce moment. Tu avais l'air d'un véritable petit sac à puces. En plus, tu sentais mauvais.

— Tu exagères ! Annabelle m'appliquait sans arrêt des shampoings antipuces, alors je ressemblais plutôt à un petit nuage parfumé à l'insecticide !

— En tout cas, moi, je n'aurais jamais accepté de prendre des bains dans le lavabo, réplique la demoiselle-princesse-du-monde, indignée.

— Je n'avais pas le choix… Sinon, je me faisais manger tout cru par ces petites bestioles !

Je garde un souvenir indélébile de mon arrivée dans cette famille. Shawinigan était jalouse comme une tigresse, mais cela ne m'a jamais préoccupé. Elle a vite compris que j'étais adorable. Ensuite, j'ai fait connaissance avec Hector et Herminette, ces deux souris qui font mystérieusement disparaître une multitude d'objets dans la maison. Au fait, je me demande bien ce qu'elles sont en train de manigancer, par une si chaude soirée de juillet…

— Euh… fait soudainement une voix aiguë. Bonsoir !

— Tiens, je pensais justement à vous ! dis-je en me relevant sur mes pattes d'en avant.

Dans l'obscurité, je n'arrive pas à distinguer les deux rongeurs. Il faut dire que leur accoutrement ne m'aide en rien ! Mais je finis tout de même par reconnaître les silhouettes d'Hector et d'Herminette.

— Qu'est-ce que ce costume impossible ? lance Shawinigan en contenant mal son fou rire.

— Ne devinez-vous pas ? demande Hector en retirant son casque étanche. Il s'agit d'une combinaison de plongée !

— De plongée sous-marine, précise Herminette en tournant sur elle-même, pour bien montrer son équipement.

Je remarque, à mon grand éton-
nement, que mes *patenteuses*
d'amies ont même pensé à inclure
des bombonnes d'oxygène, qu'elles
ont agrippées à leurs frêles épaules.

— Très pratiques, ces petites cartouches que les humains utilisent pour gonfler rapidement les pneus de vélo, explique Hector. Il y a suffisamment d'air, là-dedans, pour passer des heures de plaisir sous l'eau !

— Si on est une souris, bien entendu ! précise Herminette.

— Mais comment allez-vous expérimenter votre invention ? s'interroge la sceptique Shawinigan. Vous n'allez tout de même pas plonger dans la piscine d'Annabelle et de Julien ?

— Et pourquoi pas ?

Mes amis Hector et Herminette ne cesseront jamais de me surprendre par leur ingéniosité.

— J'avais commencé par inventer une sorte de véhicule amphibie, ajoute Hector, mais accéder à la piscine avec un tel engin était trop compliqué.

— Et puis, poursuit Herminette en agitant un à la fois ses petits pieds de souris, j'ai toujours rêvé de porter des palmes de plongée comme celles-ci !

— Tu ressembles à une véritable sirène ! déclare Shawinigan pour se moquer.

Cette vieille chipie réagit comme tous les autres chats devant la perspective de se mouiller. Mais moi, je ne suis pas un félin ordinaire. Et un petit quelque chose me distingue des autres chats

depuis que je suis tout petit :
j'adore l'eau !

J'hésite un peu, puis j'ose
demander :

— Serais-tu capable, un de ces
jours, de me fabriquer un équipement de plongée comme le tien ?

— N'y pense surtout pas, mon
cher ami, réplique Hector. Tu ren-
drais Shawinigan folle d'inquiétude !

2

Les nouveaux voisins

Shawinigan et moi observons les deux souris se diriger vers la piscine, non sans difficultés, à cause des palmes attachées à leurs pieds. J'ai eu très envie de les suivre, histoire de les regarder plonger comme l'aurait fait Jacques Cousteau dans la mer, mais un événement imprévu m'en a empêché.

— Qui donc ose faire un tel vacarme à une pareille heure de la nuit ? se plaint Shawinigan.

— C'est ce camion, au bout de la rue, dis-je en pointant le museau vers l'entrée asphaltée d'une maison mise en vente quelques mois plus tôt. Je crois que nous avons de nouveaux voisins.

— Allons voir! propose la chatte, curieuse comme un furet.

Sur le chemin, nous rencontrons Chamaille et Sushi.

— Impossible de dormir avec tout ce chahut! grogne le félin au pelage ébouriffé.

— Je dirais même plus, reprend Sushi. Impossible de fermer l'œil avec tout ce chat-page… euh! Tapage! Tu parles d'une heure pour déménager!

Après quelques manœuvres maladroites, accompagnées d'une

série de « bips-bips » désagréables, le camion recule dans l'entrée. Cachés derrière une haie, les oreilles bien dressées comme de véritables périscopes, nous espionnons la scène.

Deux hommes très costauds ressortent de la cabine du véhicule, puis ils ouvrent grand les portes de côté. Une famille, l'air un peu fripé par le long voyage, en sort. Un homme de petite stature, mais robuste, pose le pied au sol. Il est suivi d'une dame toute mince et jolie comme une fleur, puis d'un garçon de la même taille que Julien. Ils hument l'air frais du quartier, adressent un clin d'œil aux étoiles, puis l'homme ordonne aux colosses de commencer leur travail.

— Wow! ne peut s'empêcher de miauler Chamaille.

C'est très impressionnant! Presque sans effort, les géants sortent du camion des dizaines de lourdes boîtes et autant de meubles, de toutes les grandeurs et de toutes les grosseurs. Parfois, ces hercules arrivent à en déplacer plus de deux à la fois!

— Tu as vu ces biceps ? fait remarquer Sushi.

— Ce que les humains peuvent être forts ! soupire Chamaille, admiratif, pourtant reconnu comme étant le plus robuste félin du quartier.

— Tu n'as rien à leur envier, rouspète Sushi. Tu as des griffes et des dents beaucoup plus acérées qu'eux !

— Moi, dis-je en soupirant, je suis heureux comme je suis.

— Toi ? échappe Shawinigan. Tu es bien trop paresseux pour travailler comme ces déménageurs !

Nous épions la scène pendant une vingtaine de minutes et déjà, le mobilier est presque tout entré dans la maison. Les nouveaux voisins, visiblement satisfaits, encouragent les titans qui peinent à faire passer un sofa par la porte d'entrée.

— C'est ça… Oui… Comme ça! fait le petit monsieur qui les dirige.

Quelle scène amusante! Les deux hommes forts soufflent maintenant comme des taureaux! C'est quand même lourd, une cuisinière et un piano! Mais leurs gros doigts s'agrippent solidement au fardeau, peu importe sa taille ou son poids, et ils n'échappent rien!

— Je crois qu'ils ont presque terminé, remarque Sushi en suivant la dame de la maison du regard.

— Comment le sais-tu? dis-je, impressionné par cette déduction.

— Bien… C'est simple, réplique le chat tigré. D'où je suis, je peux voir dans le camion, et il est vide !

— En es-tu certain ? demande Shawinigan, qui doute.

En effet, la nouvelle voisine revient au camion. Elle ouvre la portière et esquisse plusieurs gestes amples, comme si elle invitait solennellement quelqu'un à sortir. Le garçon, son père, ainsi que les deux solides gaillards, tout ruisselants de sueurs, se placent derrière en imitant les gestes extra-vagants de la femme.

À partir de là, j'ai du mal à décrire tout ce que je vois. J'ai beau être un chat, ma vision nocturne n'égale quand même pas celle de

Superman ! Mes pupilles se dilatent à leur maximum, mais je suis encore incapable de discerner ce qui se cache dans le camion. Quelle créature se laisse donc tant désirer ? Un enfant trop timide boudant sur la banquette avant ? Une grand-mère trop fragile pour sortir toute seule ? Non. Vraiment. Je ne vois pas. Shawinigan non plus d'ailleurs. Quant à Chamaille et à Sushi, ils se regardent, interloqués. Voilà pourquoi ils me suivent tous lorsque je me rapproche du camion, en évitant soigneusement de me faire repérer par les humains. En tout cas, une chose est sûre : je ne suis pas le seul chat curieux dans ce quartier !

Bien tapi derrière de hautes herbes, j'aperçois enfin une paire de moustaches luisant sous un rayon de lune. Comme une apparition fantomatique, un crâne félin se dessine lentement dans la pénombre. Puis, comme s'il s'agissait d'un automate qu'on viendrait de remonter, la tête tourne à droite, puis à gauche, avant de s'avancer prudemment vers la lumière. Sous le regard de la famille, ravi, et du nôtre, ébahi, apparaît finalement dans son entier la silhouette gracieuse d'un matou bien éduqué.

— Ffffffff'est un chat! ne peut s'empêcher de cracher Shawinigan.

— Un simple chat, rien de plus, grogne Chamaille, un peu déçu. Un félin comme vous et moi.

— Mais quel chat ! remarqué-je. Quelle intensité dans le regard !

Après avoir exécuté un agile étirement du dos, le fauve nonchalant se lève, tend ses pattes avant comme s'il s'agissait de sabres, et s'élance ensuite en une pirouette digne des meilleures acrobaties exécutées dans les cirques.

— Wow! Tu as vu ça? fait Chamaille qui s'étouffe presque. Un double saut périlleux!

— Incroyable! lance Sushi, admiratif.

— Et il est même retombé sur ses pattes! remarque Shawinigan.

— Oui, mais ça, lui réplique Chamaille en se ressaisissant, tous les chats peuvent le faire…

— Moi, dis-je encore tout ébahi, c'est bien la première fois que je vois un chat capable d'exécuter une aussi impressionnante cascade!

Le chat voltigeur, avec ses airs distingués, avance sur le trottoir menant à la maison. Ses maîtres le laissent passer comme s'il s'agissait d'un prince. Après avoir remercié les déménageurs, déjà remontés dans le camion, les nouveaux voisins entrent chez eux, et la porte de la demeure se referme pour le reste de la nuit.

— Non, mais! grommelle Chamaille. Pour qui se prend-il, celui-là? Pour un prince charmant?

— On dirait que tu es jaloux, mon cher, lâche Shawinigan pour le taquiner. Avoue que tu es loin de posséder son élégance!

— Peuh! proteste le matou aux oreilles grignotées et aux poils hirsutes. Jaloux? Moi? Mais de quoi serais-je envieux? Hein?

3

Miam !
Comme ch'est bon, chat !

Le matin arrive, mais je n'ai pas bien dormi. Ni Shawinigan, ni Sushi, ni Chamaille, d'ailleurs : ils se sont écroulés d'épuisement sous le gros arbre, devant notre maison.

— Quelle nuit ! se plaint Sushi en mâchouillant une brindille d'herbe.

— Quel chat… marmonne Chamaille, encore perdu dans ses songes agités.

— Hé! As-tu rêvé à la même chose que moi? lui demande Shawinigan, en bâillant comme une lionne dans la savane.

— Je ne crois pas que nous ayons eu la berlue, dis-je, encore incrédule. Mais le spectacle auquel nous avons assisté, hier soir, était bel et bien réel!

— Ce vulgaire chat? grogne Chamaille, à présent bien réveillé.

— À mes yeux, il était surréel! déclare Sushi, qui exagère.

— Bah! C'est un coup monté, tout ça! Un chat-rlatan! ajoute Chamaille. Ce matou est simplement passé maître en duperie. Il essaie de nous faire croire qu'il est capable d'en accomplir plus qu'il ne l'est réellement!

— Voilà que tu recommences, marmonne Shawinigan pour le narguer. Tu es jaloux !

— Veux-tu bien cesser de m'embêter avec ça ! maugrée-t-il en sortant rageusement ses griffes. Je suis le champion de la bataille avec les ratons laveurs, tout le monde le sait. Je n'ai rien à envier à ce cabotin prétentieux !

— Bon, bon… D'accord ! rouspète la longiligne chatte pour se rétracter. Je ne dirai plus rien.

Au fil des jours, les habitants du quartier font connaissance avec les nouveaux arrivants. L'homme toujours souriant et son épouse, tout aussi avenante, s'occupent de la petite épicerie au coin de la rue principale. Ce commerce était fermé depuis des mois, mais grâce à eux, il reprend enfin vie. On y offre des spécialités asiatiques qui deviennent, dans le quartier, très recherchées. Alléchés par leur caractère exotique, les clients se bousculent à sa porte.

— Je vais faire un tour à l'épicerie de monsieur Lee ! annonce Annabelle, son sac d'emplettes vide sous le bras. Veux-tu que je te rapporte des litchis ?

— Non merci, répond Julien, occupé à pratiquer des voltiges sur sa planche à roulettes.

— Des biscuits aux graines de sésame, alors ?

— Oh ! oui ! Ceux-là, ils sont délicieux ! Quand je les place devant ma bouche, je n'ai qu'à dire : « Sésame, ouvre-toi » !

Très drôle ! Je commence à croire que Julien est tout aussi gourmand que moi. D'ailleurs, j'ai une idée. Je vais suivre Annabelle jusqu'au bout de la rue. Bien entendu, les chats ne sont pas admis à l'intérieur du magasin, mais si je reste bien sagement près de la porte, peut-être ma maîtresse adorée me donnera-t-elle quelques savoureuses bouchées de ces délices sucrés-salés !

— Ton ventre touche par terre, remarque Shawinigan. Tu devrais plutôt surveiller ta ligne !

— Je suis gourmand, Shawinagou. Quand vas-tu m'accepter tel que je suis ?

Je laisse là mon acariâtre amie,
étendue sur le balcon, puis je trotte
derrière Annabelle jusqu'à l'épicerie. Une fois arrivé à destina-
tion, je repère sans effort quatre
souris du quartier à la recherche
de quelque moyen créatif pour
regarder par les fenêtres de l'édi-
fice sans se faire remarquer.

— Mais que faites-vous là ? demandé-je, intrigué.

Malgré mon intervention, elles ne bronchent pas. Ces quatre souris sont très concentrées. J'avoue que je trouve cela assez étonnant de voir de petits rongeurs se faire la courte échelle. Je reconnais Nestor, qui adore l'aventure, et Victor, reconnu pour être très fort. Enfin, pour une souris ! Sans difficulté, ils imbriquent leurs doigts pour former un support assez solide pour que leurs épouses puissent y poser le pied, avant de se hisser plus haut sur le rebord de la fenêtre.

— Alors, Ginette ! Vois-tu quelque chose d'intéressant ? crie Nestor.

— De très intéressant, mon cher ! Hyper intéressant !

— On dirait une véritable caverne d'Ali Baba! s'exclame Lisette, l'épouse de Victor.

— Une vraie mine d'or! ajoute Ginette, toute excitée.

— Hé! se plaint Nestor. Cesse de te trémousser! Sinon, nous allons tomber!

— Attendez-nous! couine une autre petite voix derrière.

Ces deux-là, qui arrivent en courant, je les connais trop bien. Hector et Herminette brandissent trois paires de lunettes d'approche, spécialement adaptées pour les souris cambrioleuses.

— Toujours aussi ingénieux, mon cher Hector? demande Victor, qui soutient sans peine sa tendre moitié.

— Ces petites merveilles nous permettront de dresser un meilleur inventaire des trésors que renferme ce magasin, explique l'inventeur.

Sans même prendre le temps de souffler, Herminette distribue deux des précieuses jumelles à Ginette et Lisette.

— Celle-ci, je la garde pour moi ! dit-elle en attendant qu'Hector lui fasse, à son tour, la courte échelle.

— Ah ! Les femmes, soupire-t-il, les moustaches toutes ramollies. Elles ne vivent que pour le magasinage !

Annabelle ressort de l'épicerie, et comme je l'avais espéré, j'ai droit à une généreuse portion de l'un de ces délicieux biscuits au sésame qu'elle a achetés pour son fils. Dommage qu'elle ne puisse pas comprendre ce que je dis quand j'ai la bouche pleine !

— Miam ! Comme ch'est bon, chat ! m'exclamé-je en me régalant.

4

Le Charaté Kid

Une autre belle journée d'été s'annonce. Comme les enfants n'ont plus besoin d'aller à l'école, ils s'amusent librement dans les parcs, les piscines, les jardins et les coins ombragés. Nous, les chats, faisons exactement la même chose, sauf pour la piscine…

— Te souviens-tu de ton aventure sur le Chat-Rat-Ïbes? lance Charivari sur un ton moqueur. Cette chaleur te redonne peut-être l'envie de nager avec les poissons?

— Comment pourrais-je oublier cet épisode heureux de ma vie ?

Au printemps dernier, grâce aux oies blanches et à mes indispensables amis, j'ai pu aller à la rencontre de ma mère, de ma sœur et de mon frère, que je n'avais pas revus depuis trop longtemps. Ils habitent maintenant avec un boulanger, très, très loin sur une île perdue dans les Caraïbes.

— Au fait, voilà plusieurs jours que les nouveaux voisins sont arrivés, et leur chat n'est toujours pas apparu, remarque Shawinigan.

— Peut-être lui interdit-on de sortir, propose Charivari. C'est possible, tu sais !

— En tout cas, je le trouve mystérieux, ce félin. Je crois qu'il s'agit d'un prince, rouspète Shawinigan. Il est sans doute né sur une luxueuse pagode, dans un coin reculé de la Chine… ou du Japon.

— Et moi, ajoute Charivari, je dirais qu'il est sorcier, détenteur d'un élixir magique, capable de rendre invincible quiconque le boit !

— Peut-être ces deux colosses qui ont soulevé un lave-vaisselle d'un seul petit doigt en ont-ils bu eux aussi ? riposte Shawinigan.

— Ne racontez surtout pas ces histoires saugrenues à Chamaille, échappé-je. Il mourrait aussitôt d'une crise cardiaque !

— Je lui ai promis de me taire à ce sujet, s'exclame aussitôt ma sage amie qui s'interrompt presque aussitôt.

— Je suis d'accord avec toi, Shawinagou. Les moustaches de Chamaille frémissent un peu trop ces jours-ci !

— Il faut le prendre avec des pincettes, ajoute Charivari en pouffant de rire.

— Ou avec des baguettes… chinoises ! précise Shawinigan pour conclure, en s'esclaffant davantage.

S'il y a une chose très importante pour moi, c'est bien l'amitié. Et je n'aime pas qu'on raconte n'importe quoi sur les autres avant de les connaître. Après réflexion, je considère que c'est notre devoir d'aller à la rencontre de ce nouveau venu, avec nos plus beaux sourires.

— Suivez-moi ! dis-je.

— Où vas-tu ? demande Charivari.

— Je vais chercher des réponses. Il doit bien avoir un nom, ce chat ! Et toutes ces rumeurs risquent de nuire à sa réputation ; faisons-les taire.

D'un pas décidé, j'emprunte le trottoir ensoleillé, je traverse la rue et je me dirige vers la cour asphaltée. Shawinigan et Charivari me suivent de près, intrigués.

Sur le terrain entourant la maison des nouveaux venus règne un calme presque parfait. Un gros pin étend ses longues branches comme un parasol. Un léger vent agite les épines du conifère, une bonne odeur de résine nous chatouille les narines. Par la fenêtre du salon, je peux voir le matou assis sur son coussin de satin rouge. Il semble méditer sous un chaud rayon de soleil. J'ose un miaulement joyeux.

— Hé ho ! Il y a quelqu'un ?

Silence. Pas un bruit. Ni Charivari ni Shawinigan ne bougent. Puis, tout doucement, le chat tourne la tête, et je vois apparaître ce même visage de lune que nous avons vu l'autre soir. De ses yeux en amande, le félin nous dévisage l'un après l'autre, puis il saute de son siège.

J'ignore où il est passé. Il a disparu. Mais quelques secondes plus tard, le voilà qui bondit devant nous.

— *Konnichiwa*, dit-il en s'inclinant. Je suis honoré de votre visite.

— Konnichi-wa-wa, essaie d'articuler Charivari, sans succès.

— Konni-chat-chat-chat, fait Shawinigan, avec autant de difficulté.

Je n'ose même pas tenter ma chance. Je me contente d'exécuter une petite révérence. Puis, je prends la parole.

— Miaou! Je suis Shipshaw, et voici quelques-uns de mes amis. Nous sommes venus te souhaiter la bienvenue.

— C'est très gentil de votre part, répond le chat aux longues moustaches blanches pour nous remercier, tout en inclinant la tête.

L'étrange félin reste dans cette position pendant plusieurs secondes. Je trouve cette scène un peu bizarre et très déroutante. Peut-être attend-il qu'on l'imite pour se relever enfin? Ainsi, je pointe poliment mon museau vers

48

le sol. Shawinigan et Charivari font de même. Alors, le chat princier se redresse en disant :

— Charaté. Je m'appelle Charaté Kid.

5

À bon chat,
bon rat !

Notre première rencontre avec
Charaté a été courte. Mais nous
savons maintenant qu'il est né en
Chine, qu'il a vécu quelques
années au Japon, puis à Montréal,
avant d'arriver ici, dans notre quartier. Il nous a expliqué qu'il suivait
un horaire très strict, mais qu'il
aimait bien les petites balades de
temps en temps.

— Mais… est-ce que tous les
chats japonais agissent comme

lui? s'informe Sushi, venu me rendre visite le lendemain.

— Comment le saurais-je? Je ne suis jamais allé dans ce pays!

— En tout cas, le Charaté Kid est très discipliné, précise Shawinigan. Il s'entraîne chaque matin.

— Mais, à quoi? demande Sushi, intrigué.

— Bien… au karaté.

À ce mot, nous restons muets. Depuis l'arrivée de ces nouveaux voisins, jamais nous n'avons autant entendu parler de karaté.

— C'est un art martial, je pense, ajoute Sushi qui fait parfois du yoga dans le salon, avec ses maîtres.

52

J'ai déjà vu une image d'humains en pyjama blanc, avec une ceinture noire à la taille. Sur la reproduction, tout le monde adoptait, comme notre ami, la même posture figée et prête à l'attaque. Je trouvais cela étonnant.

— Voilà peut-être la clé de son secret.

Décidément, le Charaté Kid demeure très mystérieux à nos yeux. Mais vous me connaissez. Je suis curieux. Alors, je décide de retourner le saluer, afin d'en apprendre un peu plus sur son compte.

— *Konnichiwa !* fait-il d'une voix aiguë pour m'interpeller en provenance du jardin.

— Salut, Charaté ! Cela te dérange-t-il si je te regarde ?

— Mais pas du tout !

— J'ai envie d'en apprendre plus sur ta discipline. Peux-tu m'en expliquer les rudiments ?

— Au karaté, dit le Kid pour commencer, la concentration de l'esprit revêt une plus grande importance que les techniques de combat. Observe bien mes mouvements, ajoute-t-il. Imagine que mes quatre pattes sont de véritables sabres.

Intrigué, je m'assieds sur l'un des pavés déposés sur l'herbe humide. Quelques secondes plus tard, Sushi et Shawinigan se joignent à moi. Puis, apparaît Cachalot, l'air agacé.

— Je déteste la rosée du matin ! Mes pattes sont toutes mouillées ! explique-t-il. Puis-je me joindre à vous ?

— Mais bien sûr ! fait le Charaté Kid, sans bouger d'un poil.

— Pourquoi t'exerces-tu autant ? demande Shawinigan.

— Mon maître m'a toujours dit que le karaté s'apparentait à l'eau chaude, laquelle rafraîchit, si on ne la réchauffe pas sans cesse. Maintenant, si vous permettez, je dois me concentrer sur mon *kihon*, qui consiste à répéter certaines positions de base.

— Comme il est savant ! affirme Sushi, admiratif.

— Comme il est souple ! s'exclame Shawinigan, fort impressionnée de le voir réaliser toutes ces contorsions.

Le Charaté connaît bien son art. Son regard reste fixe, et ses membres s'agitent de façon précise et élégante. Il arrache des exclamations à tous les passants :

— Comme il est habile ! lancent deux ratons laveurs en se faufilant derrière les poubelles.

— Comme il est fort ! enchaînent trois petites souris en applaudissant, en route vers la nouvelle l'épicerie.

Caché derrière une haie de cèdres, Chamaille est de mauvais poil. Il n'a pas du tout envie de se joindre aux autres, attroupés dans le jardin pour admirer le Charaté Kid.

— Que de mignardises, de vantardise et d'afffféferie ! crache-t-il en bougonnant et en mettant l'accent sur le son *f* du dernier mot qu'il a prononcé. Je suis incapable de sentir ce chat !

Chamaille bout de rage sous sa toison ébouriffée. Dans le quartier, il a la réputation d'être le matou le plus fort. Au fil des ans, il a eu maintes fois l'occasion de le prouver avec les costauds ratons laveurs. Maintenant, il voit dans le Charaté Kid un adversaire encore plus coriace ! Griffes sorties et mâchoires serrées, le chat batailleur

sent germer en lui un plan infail-
lible pour sauver son honneur.

— À bon chat, bon rat !

6

À chat-cun son secret!

Un autre beau matin débute. J'entends les oiseaux gazouiller sur les hautes branches. Je me prélasse, bien entendu. La chaise berçante, sur le balcon, me donne un point de vue parfait sur la rue. Shawinigan est partie se promener avec ses amies Chanelle et Carmen.

— Et si j'allais muser un peu dans le boisé, non loin de la maison? L'ombre des arbres et la terre humide y conservent l'air frais du matin. En plus, ça sent tellement bon !

En circulant sur le trottoir, je passe devant deux ratons laveurs. Ils semblent préoccupés.

— Tu crois ? chuchote l'un d'eux.

— Absolument, fait l'autre. Je t'assure que c'est Chamaille.

— Bien… quand on y pense, cela paraît logique. Tu as sûrement raison.

— Euh… dis-je, en me raclant la gorge. Y a-t-il un problème avec notre ami ?

D'habitude, je ne me mêle pas aux conversations des individus que je croise au hasard de mon chemin, mais ces deux-là ont l'air louche. Je ne peux pas m'empêcher d'intervenir.

— Au contraire, reprend tout de suite l'un des ratons aux yeux cernés. Chamaille va bien !

— Je dirais même qu'il va très bien ! ajoute l'autre.

— Cependant, précise le premier en se frottant les mains, j'ai entendu dire qu'il machinait quelque chose.

— Ah ?

Je ne sais pas lire dans les pensées, mais je devine vite que ces deux ratons laveurs n'ont pas l'intention de m'en révéler davantage. Après tout, Chamaille a bien droit à ses secrets, n'est-ce pas? Rien à faire, cependant : la curiosité me titille.

— Et puis? dis-je, pour les encourager à parler un peu plus.

— Il manigance bien quelque projet, ajoute l'un des ratons. Mais on ignore de quoi il s'agit…

La seule manière, pour moi, d'en savoir plus, c'est d'aller lui parler, en chair et en poils. Je continue donc mon chemin.

À l'orée du bois, je croise trois souris tirant un petit chariot. La langue pendante, les oreilles toutes ramollies, elles s'arrêtent pour me dire bonjour.

— Mais qu'avez-vous à souffler autant ? m'informé-je.

— Nous avons trouvé une brèche dans l'entrepôt de la nouvelle boutique, annonce la première.

— Cela nous donne accès à beaucoup de marchandises, un vrai trésor, avoue la seconde.

— C'est le troisième voyage que nous faisons ! déclare la troisième, réjouie.

— Vous voilà donc prospères ! dis-je, tout heureux. Avez-vous aussi déniché de bonnes choses à vous mettre sous la dent ?

Voilà, je me laisse encore guider par mon estomac ! Shawinigan a bien raison lorsqu'il affirme que je ne pense qu'à manger. Je sais pourtant très bien que si ces souris ont dérobé de la nourriture, ce n'était sûrement pas pour me la donner ensuite !

— Bien… euh… bafouille la première souris. Nous avons bien quelques grignotines avec nous, mais tout est réservé pour l'événement spécial que nous organisons.

— Un événement spécial ? répliqué-je, tout excité. Mais je ne suis même pas au courant ! Suis-je invité au moins ?

— Ce n'est pas encore officiel, fait la seconde. Vaut mieux ne rien dire pour le moment.

— Au revoir, Shipshaw, ajoute en vitesse la troisième pour conclure. Nous sommes très pressées. Il faut vite nous remettre à l'ouvrage !

Je reste perplexe. D'habitude, je sais tout ce qui se passe dans le quartier. Je trouve plutôt étrange que Chamaille organise un événement sans m'en parler. Je dois vraiment lui dire deux mots, et vite, à celui-là !

7

Alors, chat complote par ici!

Ah! Que c'est bon de se retrouver sous les arbres! Cette ombre me paraît bien méritée après ma balade sur le trottoir. Le soleil frappe si fort! Et puis, vous savez, en été, c'est difficile de vivre dans la peau d'un chat. À cause de notre fourrure, bien sûr.

Au bout de la petite coulée chante un ruisseau. Je cours m'y tremper les lèvres. Je n'ai jamais vu les humains boire de cette eau, mais moi, j'en raffole! Elle est parfumée aux nénuphars et aux racines de quenouilles. Cela lui donne un petit goût formidable. Après m'être désaltéré, je tends l'oreille.

D'habitude, j'entends coasser les grenouilles, mais jamais à midi! Qu'est-ce qui leur prend? Je vois leur gorge se gonfler comme un ballon!

— Pourquoi chantez-vous si tôt dans la journée? dis-je en miaulant plus fort que leur vacarme. Il est loin d'être minuit!

— Nous nous entraînons pour un concert très spécial, répond l'une d'elles.

— Mais nous n'avons pas le droit d'en dire plus, ajoute une autre en plongeant dans l'eau.

— Décidément, *chat* complote vraiment dans les parages!

— Ne t'inquiète pas, Shipshaw, ajoute une autre grenouille. Tu sauras toi aussi de quoi il s'agit quand l'événement sera confirmé.

Bon. Je suis un chat curieux de nature. Je dirais même que je suis très curieux. Et j'ai bien du mal à accepter qu'on me tienne à l'écart d'un projet, surtout quand celui-ci s'est déjà ébruité jusqu'aux confins du boisé! Je continue donc mon chemin, à la recherche de Chamaille, avec plus de détermination.

Un peu plus loin, j'aperçois deux chiens errants transportant un tapis de paille. Je les reconnais. Ce sont eux qui nous avaient aidés pour construire une fusée, du temps où le beau Roméo voulait impressionner sa tendre et exigeante Juliette.

— Bonjour, dis-je.

— Bonchour ! répond l'un d'eux, en laissant retomber le coin du grand paillasson qu'il tient entre ses dents.

— Mais que faites-vous avec ce tapis ? Puis-je vous être utile ?

— Pas besoin, merci, riposte l'un des molosses.

— Au fait, il ne s'agit pas d'un tapis, mais d'un ta-tapis, précise l'autre chien.

— Un ta-tapis ?

— Oui, confirment les deux bêtes en hochant la tête. Un ta-tapis !

Je n'y comprends rien, mais je n'insiste pas.

— Et où allez-vous comme ça ?

Ces deux toutous sont bêtas, je le sais. Avec un peu d'insistance, j'arrive toujours à découvrir ce qu'ils essaient de cacher. Mais cette fois-ci, l'ordre de retenir leur langue a particulièrement dû être sévère. On la leur a mangée, on dirait ! Je ne tire rien de ces deux sacs à puces !

— Nous n'allons pas loin, grogne enfin le second chien, avec l'air de s'impatienter.

— Il faut y aller, ajoute le premier en reprenant un bout du tapis entre ses crocs reluisants.

Décidément, un épais brouillard de mystère plane au-dessus de tout le quartier! Je presse le pas. Je n'ai pas encore vu Chamaille et pourtant, je marche depuis bien longtemps. Où se cache-t-il donc, celui-là?

De l'autre côté du boisé se trouve le stationnement pour prendre le train de banlieue. C'est justement à cet endroit que j'avais trouvé, réfugiée dans un trou creusé dans la neige, la belle Chanelle. La pauvre chatte! Son maître l'avait abandonnée à la dernière station. Et en plein hiver en plus! Par chance, je passais dans le coin. Sans quoi, la malheureuse n'aurait pas survécu!

Chamaille, je le connais depuis longtemps. Normal, il habite juste derrière chez moi. Nous n'avons qu'à sauter par dessus les gros rochers, au bout du jardin, pour nous retrouver. Il a un aspect bien piteux ce matou de ruelles, c'est vrai, mais il est si gentil. Ce qui rend Chamaille particulier, c'est son obsession pour les poubelles du quartier. Les petites, les moyennes, les grosses… Mon étonnant ami peut rester debout des nuits entières pour les surveiller toutes! Il traque sans relâche les voleurs gantés de noir qui adorent fouiner dans ses boîtes à trésor. Leur mauvaise habitude rend Chamaille complètement fou! Alors, il les chasse furieusement. C'est très impressionnant! Chamaille rebrousse les poils de son dos, gonfle ses biceps, sort ses griffes, montre ses crocs acérés, puis il pousse un cri digne des étoiles de kung-fu.

— Yiiiiiiiiiiiiiiiiiiiiiiiiiiiiiiiianh !

Chaque fois, saisissant tout de suite le message, les ratons laveurs se carapatent sans trop faire de fracas et sans chercher chicane. Il faut dire que Chamaille a toujours remporté les matchs qui l'ont opposé à eux. Et il en est bien fier !

— C'est une bien jolie balade, mais elle devient longue, et je commence à avoir rudement faim !

Je n'y peux rien. Je suis comme ça. C'est mon estomac qui dirige mes pas. Il est mon seul maître, et je l'écoute aveuglément. L'idée de manger se fait d'ailleurs tellement puissante que je cours maintenant à fond de train pour atteindre la maison. J'ai faim! Mes narines anticipent déjà l'odeur alléchante de ce bol rempli de croquettes qui m'attend.

— Vite! Poussez-vous! Je suis pressé! crié-je pour me donner encore plus d'élan.

Je prends un raccourci en coupant directement dans la forêt, au lieu de suivre l'étang aux grenouilles. Au milieu du bois, un gros érable étend ses branches, juste au sommet d'une petite colline. Comme je deviens essoufflé, je ralentis un peu. À ce moment, j'aperçois enfin mon ami Chamaille. Lui aussi, il est très essoufflé.

8

À chat-cun
son combat!

— Que fais-tu là? dis-je entre deux inspirations haletantes. Je te cherche depuis un bon moment!

— Je m'entraîne, ne vois-tu pas? grogne le chat noir à la queue cassée.

Je remarque alors une longue corde accrochée à une branche de l'arbre géant. Au bout de cette corde est attachée une poche remplie de sable.

— C'est mon sac de frappe, explique Chamaille. Très utilisé par les boxeurs.

— Si je comprends bien, tu martèles ce sac de sable pour t'exercer à combattre?

— Oui.

Ayant repris son souffle, Chamaille se relève pour me faire une démonstration. Il est vraiment impressionnant, mon ami, quand il assène un de ses coups puissants de bas en haut sur la cible. Sous l'impact, le sac se balance et contre-attaque. Chamaille crie alors tellement fort qu'il pourrait enterrer le bruit d'un avion.

— Yiiiiiiiiiiiiiiiiianh!

C'est fou, la force qu'il peut dégager de ses poumons! Elle

surpasse peut-être même en puissance celle de tous ses muscles réunis !

— Mais… dis-je. Pourquoi est-ce que tout le monde complote ces jours-ci ? Tu en sais quelque chose, toi ?

— On ne te l'a pas dit ? fait Chamaille, tout naïvement.

— Non ! Justement ! Tout le monde semble au courant de ce qui se passe, sauf moi !

Mon ami peut lire ma désapprobation sur mon visage poilu. Je suis, de toute évidence, agacé d'être mis à l'écart des activités clandestines de mon réseau social. Comme il ne veut pas me faire de la peine, Chamaille me livre enfin son secret.

— Voilà. J'organise un duel.

— Un duel ?

— Tu as bien entendu. Un duel entre moi et…

— Charaté Kid !

Il fallait bien s'y attendre. Chamaille a maintenant une nouvelle obsession : se mesurer à cet énigmatique chat japonais !

— Quand et où aura lieu cet affrontement historique ?

— Demain matin, à l'aube, sur le bord de l'eau.

— Charaté a-t-il accepté ta convocation ?

— Oui, mais à la condition qu'on lui installe un dojo.

— Un quoi ?

Décidément, il me semble que tout le monde utilise des mots bizarres depuis quelque temps.

— Un dojo a des règles strictes concernant son orientation. En plus, c'est le seul endroit où *Môssieur* veut bien se battre, fait-il, les dents serrées. Le Kid a des exigences très spécifiques, tu sais !

Les révélations de Chamaille expliquent toute cette agitation perçue autour de moi depuis la matinée. Mais comme je n'ai aucune idée de l'allure d'un dojo, mon imagination se prend à vagabonder quelque peu, avant que je ne continue de parler.

— Mais, que puis-je faire pour t'aider ? dis-je enfin.

— Tu n'as qu'à m'encourager et à souhaiter très, très fort que je sois le vainqueur. C'est tout!

— Bon, d'accord... alors, dans ce cas, je poursuis mon chemin jusqu'à la maison, parce que je suis très, très affamé!

— Bon appétit, mon ami, et implore le ciel pour moi! lance Chamaille en frappant de plus belle sur la poche de sable suspendue.

9

Chat devient compliqué, les batailles de chats !

Après être entré par la chatière, je plonge tête première dans mon bol de nourriture. L'impact fait éclabousser les précieuses friandises partout sur le plancher. Mais ce n'est pas grave. Une fois le bol vidé, je m'occuperai du reste. Il ne faut surtout pas gaspiller !

— Ce que tu peux être goinfre ! On dirait un cochon dans une auge !

Fière et élégante, Shawinigan me regarde d'un air dégoûté.

— Tu crois faire mieux, peut-être, en mangeant du bout des moustaches comme une geisha avec ses baguettes japonaises?

— Tu sauras, mon cher, que la cuisine orientale est des plus raffinées!

— Ah oui? dis-je en me léchant les pattes, souillées des miettes de mon repas.

— Du riz, des légumes frais, des algues, du poisson cru...

— Cela ressemble étrangement à une recette de sushis.

En entendant le nom de notre ami, Shawinigan grimace.

— Manger des sushis? Mais serais-tu devenu complètement

fou ? Jamais je ne me mettrais sous la dent l'une de ces spécialités nippones !

— Mais pourquoi ? Tu viens à peine de m'avouer combien tu appréciais les mets exotiques !

— À cause du nom, gros bêta ! Sushi, c'est notre ami !

Là, je dois avouer que je suis d'accord avec ma camarade racée. Moi non plus, je n'en mangerais pas. J'aurais trop l'impression de croquer dans notre bon compagnon ! Mais par contre, ces exquis petits biscuits aux graines de sésame…

— N'insiste pas, glouton ! fait Shawinigan en me voyant renifler vers le comptoir où Annabelle range la jarre en céramique. Julien les a déjà tous mangés.

— Cet enfant a un appétit incroyable !

— Sans doute parce qu'il grandit, explique Shawinigan.

Parfois, j'envie les jeunes humains de pousser comme de la mauvaise herbe. Cela leur donne le droit de manger toujours plus de délicieuses denrées. Moi, je vois mon ventre grossir, mais j'ai malheureusement mes limites !

— Tu m'accompagnes à la plage? dis-je d'un air naïf.

— C'est interdit d'y aller avant l'aube, réplique Shawinigan.

— Alors, toi aussi, on te tient à l'écart du mystérieux projet?

— Chamaille est allé rencontrer Hector et Herminette hier après-midi, raconte-t-elle. Il avait besoin d'aide pour construire un dojo.

— Encore ce mot! Tu sais à quoi ça sert, toi, un dojo?

— Pas du tout, Shisphaw. Mais le Kid l'exige. Sinon, pas de combat!

— Chat devient très compliqué les batailles de chats, de nos jours!

lancé-je en me récurant une dent avec la langue.

— Mais Charaté Kid est loin d'être un chat ordinaire ! s'exclame Shawinigan. S'il veut se battre dans un dojo, eh bien, soit !

— Est-ce que les souris savent à quoi ressemble un dojo ?

— Paraît-il que le maître nippon leur a tout expliqué. À partir de là, les tâches ont été distribuées.

— Et nous, on nous a laissés dans le mystère, ajouté-je en exprimant ma frustration. Si on allait espionner nos amis sur la plage ?

— Shipshaw ! lâche-t-elle pour me réprimander. Il n'en est pas question ! J'ai promis de me tenir à l'écart jusqu'au moment du combat. Reste tranquille et viens plutôt te reposer avec moi.

Ainsi, bien étendus sur la chaise berçante, Shawinigan et moi faisons semblant de fermer les yeux sur tous ces animaux qui s'agitent près de nous, depuis la matinée jusqu'au coucher du soleil.

Puis, à force de fatigue, et la chaleur aidant, mes paupières s'alourdissent et je m'endors enfin.

10

Dès que le jour se lèvera

— Réveillez-vous ! lancent Hector et Herminette en se plantant droit devant mon museau.

— C'est l'heure ? demande Shawinigan en bâillant, encore tout engourdie par le sommeil.

— Il faut se rendre au dojo avant les premiers rayons du soleil, explique Hector.

— Pas le temps de prendre un petit déjeuner ? demandé-je, en m'étirant le dos et les pattes.

— Tu auras de quoi grignoter quand viendra le temps de célébrer le vainqueur, riposte la petite souris pour me rassurer.

Je n'ai pas l'habitude de me lever si tôt, mais l'air frais encore chargé des effluves de la nuit achève de réveiller mes sens. Et puis, mon excitation de voir un véritable combat de karaté me fait presque oublier ma fringale matinale.

En empruntant le chemin menant jusqu'au bord de l'eau, nous côtoyons une foule d'animaux qui se presse, comme nous, pour assister au spectacle. Je me fraie un chemin jusqu'aux installations, si rapidement érigées la veille.

Ce que je vois m'impressionne beaucoup. Je remarque, déposé

près des hautes herbes, le grand tapis transporté par les chiens. Rassemblées tout autour, des dizaines de souris agitent des drapeaux blancs avec un grand cercle rouge au milieu.

— C'est une idée d'Herminette, m'explique son mari. Nous avons utilisé un drap qui séchait sur une corde à linge. Après l'avoir découpé en petits rectangles, j'ai utilisé l'une de mes inventions pour imprimer le disque rougeoyant.

— Toujours aussi génial ! dis-je en souriant.

— Et je suis si heureux d'avoir eu la chance de l'expérimenter ! ajoute Victor en empoignant l'engin étrange. Aimerais-tu que je te fasse une démonstration ?

Je ne suis pas aussi astucieux que mon ami Hector, c'est pourquoi j'admire tout ce qu'il invente ! En silence, je le regarde grimper sur un bâton muni d'un ressort, sur lequel est attachée une demi-pomme de terre. En quelques bonds agiles, la souris plonge dans une assiette remplie de peinture rouge, puis rebondit pour atterrir, le plus possible, au milieu du drapeau blanc.

— C'est le drapeau du Japon! explique Sushi. On a pensé que cela ferait plaisir à Charaté Kid.

— Ça représente le soleil quand il se lève, précise Hector.

— Le Japon se situe à l'est de la mappemonde, enchaîne Sushi. C'est pourquoi on l'appelle *le pays du soleil levant*.

— Mais, dis-je, avez-vous pensé à un autre drapeau pour encourager aussi Chamaille?

— Certainement! Regarde!

Je n'avais pas remarqué ces dizaines de couvercles de poubelle gisant sur le sol. Sushi en prend un, puis le soulève dans les airs. On peut y voir une couronne fraîchement peinte avec de la peinture dorée.

— Chamaille n'est-il pas le roi des poubelles? s'exclame l'enthousiaste Sushi.

— Nous avons imaginé cet étendard spécialement pour lui, déclare Herminette. Il méritait d'être reconnu à sa juste valeur pour ses brillants exploits.

— Cette attention touchera notre ami droit au cœur, prédis-je, tout ému. Vous avez vraiment pensé à tout !

Il y a de la fébrilité dans l'air. Les ratons laveurs se frottent les pattes d'impatience. Les chiens errants restent immobiles comme des statues. Un peu à l'écart, les pattes dans l'eau, une multitude de grenouilles s'échauffent les cordes vocales.

— C'est la première fois que je vois un spectacle de karaoké ! dit Charivari en s'agitant.

— Karaté ! précise Sushi pour la énième fois. Pas karaoké !

— Mais où sont donc Chamaille et Charaté Kid ? demande Shawinigan.

— Derrière les hautes herbes, réplique Hector. Ils ont besoin de concentration avant le début du combat.

— Et quand débutera-t-il, ce combat ? demande encore ma hautaine amie.

— Dès que le jour se lèvera, répond Hector, les yeux rivés sur l'horizon, où se déroule lentement un long tapis orangé, au-dessus du lac des Deux-Montagnes. Dès que le jour se lèvera...

11

Chhhhhhhhut!
Chat va commencer!

Il fait encore sombre, mais le jour va bientôt poindre. Hector, à qui on a confié le rôle d'arbitre, signifie aux deux chats rivaux de s'avancer. Un lourd silence s'abat sur nous tous. Aucun poil ne bouge.

Je vois apparaître la silhouette de Charaté Kid. Un premier rayon de soleil effleure le bout de son museau. Son visage s'illumine. Puis, Chamaille pose le pied sur le tapis. À ce moment, une clameur s'élève, et nos applaudissements retentissent, enjolivés par le chœur joyeux des grenouilles.

Le Kid semble calme et confiant. Chamaille est visiblement plus nerveux.

— Hé! C'est notre ta-tapis! C'est notre ta-tapis! murmurent les chiens en agitant frénétiquement la queue.

— Idiots! Il s'agit d'un tatami, pas d'un ta-tapis! rouspète Sushi, manifestement bien mieux renseigné sur les secrets du karaté.

— Chhhhhhhhhuuuuut! souffle Shawinigan en observant la scène avec beaucoup d'intérêt. Chat va commencer!

Parfaitement zen, le Charaté Kid s'étire longuement. Tournant le dos à son adversaire, il s'échauffe avec souplesse et grâce, ce qui ne manque pas de tirer des soupirs d'admiration aux spectateurs. Plus particulièrement à la distinguée Shawinigan !

— Comme il est élégant ! ne peut s'empêcher de chuchoter ma longiligne amie. Agile jusqu'au bout des moustaches ! ajoute-t-elle, avant de se taire, un peu confuse de s'être emportée.

De son côté, Chamaille sent monter en lui un fier dédain. Il semble impatient d'étaler le fruit de ses efforts des derniers jours, convaincu qu'il donnera une bonne leçon à ce vantard de chat et qu'il lui clouera enfin le bec.

— Peuh! se dit-il, sans remuer les babines. Il sera facile à battre!

En se concentrant sur cette seule pensée, il se fouette les sens; la fourrure sur son dos se hérisse, et sa queue se raidit comme une vieille branche.

Puis, le soleil apparaît enfin à l'horizon, rond et rouge comme les petits drapeaux fabriqués par les souris. Hector invite Chamaille et le Charaté Kid à se placer au centre du tatami, puis à s'incliner l'un vers l'autre. Je comprends maintenant pourquoi le Kid salue ainsi ses amis.

Alors, les grenouilles cessent de chanter toutes en même temps. Nous nous taisons aussi. Nos yeux, comme des projecteurs, se rivent sur les deux concurrents. Mon cœur bat la chat-made. Je retiens mon souffle. Une, deux, trois, quatre, cinq secondes passent.

Le Charaté Kid plonge son regard dans les pupilles de son adversaire. Je pense qu'il cherche à le paralyser. Il ne bouge pas d'un poil. Nous non plus! Autour de l'arène improvisée règne un silence parfait; pas un son, pas un souffle.

Alors, les moustaches de Chamaille se mettent à frétiller. Ses narines s'ouvrent bien grand. Là, je reconnais mon invincible ami ! Toujours prêt à se battre ! Le solide protecteur des poubelles du quartier gonfle tous ses muscles, du plus petit au plus gros. Puis, il retrousse les babines, révélant ses longs crocs acérés, comme ceux d'un lynx ! D'un puma ! D'un tigre ! Que dis-je, d'un LION !

— Wow ! Je ne l'ai jamais vu comme ça avant ! s'écrie, stupéfait, l'un des ratons laveurs.

— Moi non plus ! dit un autre, tout aussi ébahi.

Le Charaté Kid, immobile comme une statue, observe la transformation de Chamaille. La tension atteint son plus haut point. Je serre les dents. Shawinigan se mord le bout de la queue. Les chiens bavent, la langue pendante. La souris Juliette se blottit contre la fourrure persane de son beau Roméo.

Puis, avec des gestes larges, Chamaille prend l'initiative et entame son attaque classique. Celle avec laquelle il gagne toutes ses batailles. Sans prévenir, il bondit sur le Kid.

— Yiiiiiiiiiiiiiiiiiiiiiiiiiiiiiiiianh !

Son cri terrible nous sidère tous.

Mais l'incroyable se produit : le Charaté Kid, au summum de sa concentration, soulève une seule patte en direction de son bruyant adversaire. En un habile *sukui uke*, il l'attrape dans son élan, et l'envoie tourbillonner dans les airs !

— Wow !

Complètement ahuris, les langues pendantes, et incapables de bouger, nous suivons des yeux la trajectoire de notre pauvre ami. Il flotte comme une plume dans les airs, prisonnier des griffes du Charaté Kid.

— Mais, il faut le secourir ! s'écrie enfin la souris Ginette, solidement agrippée au bras de son mari.

— Ne t'inquiète pas, dit Nestor en la serrant encore plus fort contre lui. Je pense que notre ami vient juste d'apprendre une leçon... de karaté !

12

Un combat amical

Chamaille s'envole comme un oiseau, avant de retomber tel un vulgaire chiffon, sous nos yeux complètement ébahis. À peine a-t-il eu le temps de montrer ses griffes et ses dents acérées que le voilà devenu le jouet du Charaté Kid. Vous le devinez : en quelques mouvements bien orchestrés, le maître des arts martiaux remporte le combat.

Avec précaution, le nouveau champion soulève Chamaille pour

le déposer sur le tatami. Étourdi, le perdant reprend peu à peu ses esprits, avant de se relever, penaud, et de piteusement nous saluer.

— Bravo ! crions-nous tous en chœur, appuyés bruyamment par la chorale des grenouilles.

— Bravo aux deux combattants ! lance Hector, heureux du bon déroulement de ce premier duel au dojo.

— Que la fête commence ! annonce Herminette ! Il y a du jus de framboise pour tout le monde !

La foule s'assemble autour des combattants. Le Charaté Kid reçoit avec modestie les félicitations, en s'inclinant et en souriant. Chamaille, de son côté, tout dépité, accepte avec humilité sa cuisante défaite.

— Tu es très fort! déclare avec sincérité le vainqueur pour le complimenter, en venant lui serrer la patte.

— Toi aussi, le Kid, réplique le chat vaincu et impressionné, tout en ravalant sa salive avec sa fierté.

— As-tu mal? s'informe Ginette qui s'est frayé un chemin dans la foule.

— Pas du tout! C'est ce qui m'impressionne le plus! riposte

Chamaille, étonné, en retrouvant son assurance.

— Malgré toutes ces culbutes dans les airs ? demande Shawi-nigan.

— Même si tu es retombé dure-ment sur le sol ? dis-je.

— Je n'ai rien senti ! Sauf peut-être quelques petits vertiges, avoue-t-il quand même, finalement.

À ce moment, Herminette, aidée par plusieurs autres souris, apporte pour chacun de nous une petite coupe remplie de jus de framboise.

— Trinquons à nos deux chats courageux ! s'écrie-t-elle.

— Au Charaté Kid ! lance Hector, suivi de tous les autres.

— À Chamaille ! dis-je en miaulant à tue-tête.

La fête est commencée. Nous trempons nos babines dans le nectar sucré, en nous félicitant mutuellement d'avoir organisé un aussi mémorable événement.

Mais toutes ces émotions m'ont donné faim. Et justement, une odeur bien alléchante flotte jusqu'à mes narines. Les petites souris que j'ai rencontrées hier matin ont bel et bien préparé un festin ! Et vous savez quoi ? Il y a des biscuits au sésame ! Quelle bonne idée de venir prendre son petit déjeuner sur le bord de l'eau !

Tout en plongeant les pattes dans l'assiette de biscuits, j'écoute les conversations autour de la table. Charivari, le roi des gaffeurs du quartier, s'adresse au vainqueur.

— Paraît-il, monsieur le Kid, que vous êtes champion au... karaoké ?

— Au karaté, reprend gentiment le chat japonais pour le corriger. Il s'agit d'une discipline très ancienne qui est née en Chine, et que les Japonais ont rapidement adoptée. J'ai un maître très compétent dans le domaine, avec lequel j'ai beaucoup appris.

— Chamaille est aussi un champion de sa discipline, dit un raton laveur en se joignant à la conversation. Nous l'avons vu s'entraîner au milieu du boisé, non loin de la gare.

— Ah oui ? fait le Charaté Kid, intéressé. Est-ce à la lutte ? Ou au judo ?

— Non pas du tout, je pense que c'est du… Attends, c'est difficile à prononcer… Du…

— Du Chat-Y-Couenne-Dos ! lance fièrement Chamaille en s'approchant du groupe.

J'ai du mal à avaler ma bouchée de biscuit tant je retiens mon fou rire. Je suis certain que mon ami vient tout juste d'inventer ce mot. Sans doute pour nous impressionner !

— Intéressant, dit le Charaté Kid. Je n'en ai jamais entendu parler avant. Qui est ton maître ? Suit-il les enseignements de l'école de Chat-O-lin ?

— Non, répond Chamaille d'un ton bourru et légèrement embarrassé. Rien de tout cela.

Je devine aisément que Chamaille n'a pas la moindre envie d'apporter des précisions ni de raconter où et comment il a appris à se battre.

— J'aimerais en apprendre plus, un jour, poursuit le Charaté Kid, en avalant une autre petite gorgée de jus de framboise. Aimerais-tu, en attendant, que je te montre quelques techniques de karaté? propose-t-il.

Chamaille baisse la tête sans rien dire, puis lisse sa fourrure de quelques coups de langue. Je comprends, par ce geste, qu'il se prépare à mettre sa fierté de côté. Enfin, il répond :

— Ouais, si tu veux…

— Ce sera un grand honneur pour moi de t'apprendre quelques-uns des enseignements de mon maître. Voici d'ailleurs le premier : *Karate Ni Senshe Nashi* !

prononce-t-il en japonais. Et ça veut dire : en karaté, on ne fait jamais le premier mouvement.

13

Les neuf vertus
du karatéka

Le soleil grimpe de plus en plus haut dans le ciel. Voilà le signal convenu pour ramasser tout ce qui pourrait laisser quelque indice de nos activités matinales. Ah! Si les humains apprenaient tout ce que nous, les animaux, faisons sans eux!

Cependant, le dojo reste bien en place, caché par les hautes herbes poussant sur le bord de l'eau. Pas question de le démolir, celui-là!

Les jours passent, et depuis l'inoubliable combat, je retourne chaque matin prendre mon petit déjeuner au bord de l'eau. Shawinigan m'accompagne toujours, bien entendu. Très souvent aussi, Hector et Herminette se joignent à notre duo. Nous apportons un sac de biscuits au sésame, sans oublier un thermos de thé que nous réservons pour Charaté.

Sur le petit tatami, Chamaille s'exerce à maintenir une position qui ne semble pas très confortable pour un chat.

— Libère ton esprit et tiens-le en paix, répète calmement le Kid pour l'encourager, tout en corrigeant la posture de son disciple.

Chamaille se montre très bon élève. Il écoute attentivement toutes les paroles de son professeur, avant de s'exécuter avec soumission et confiance.

— Un jour, je l'espère, poursuit Charaté, je te présenterai le célèbre Bou-Dan.

— De qui s'agit-il ? demande Chamaille.

— C'est le nom de mon maître. Je l'ai rencontré lorsque j'habitais encore en Chine. J'étais un chaton à l'époque, lance le chat nippon, tout en se remémorant quelques vieux souvenirs. Je me rappelle qu'il avait un ventre énorme !

— Comme Cachalot ?

— Un peu, oui. Et lui caresser le ventre apportait, disait-on, la bonne fortune! Je le faisais toujours avant un combat.

Nous éclatons tous de rire. Je ne crois pas que Cachalot trouverait agréable qu'on lui frotte le bedon, chaque fois qu'on a envie d'un petit coup de pouce!

— En tout cas, murmure inopinément Shawinigan, de sa voix la plus timide, nous sommes bien heureux de t'avoir dans notre quartier.

— Moi aussi, lui répond le Kid, je me considère chanceux d'avoir des amis aussi précieux que vous ! De plus, ajoute-t-il, d'un ton charmeur en regardant ma longiligne amie droit dans les yeux, je ne peux qu'apprécier la présence de demoiselles aussi belles que des geishas dans les parages !

Je n'ai jamais vu Shawinigan rougir de la sorte. Comme si un nuage, parfumé au jasmin japonais, venait de la soulever de terre.

Embarrassée, elle trempe avec maladresse son museau dans le thé refroidi.

— Chamaille, dit encore le Kid, je te félicite pour le courage dont tu as fait preuve en acceptant de combattre en duel avec moi. Tu n'avais aucune idée dans quel guêpier tu pénétrais, mais tu l'as quand même fait ! Et j'ai pu constater que tu as donné le meilleur de toi-même.

Chamaille se redresse le dos avec dignité. Ces sages paroles le réconfortent. Il est décidément encouragé à continuer de bien travailler.

— Dans la vie d'un chat de ruelle comme moi, il arrive souvent que l'on doive affronter des adversaires de toutes sortes, explique le minet aux oreilles toutes grignotées.

— Et comme les chats ont neuf vies, à ce qu'on raconte, ajoute Herminette qui philosophe, les occasions de défendre leur territoire se multiplient aussi !

— À ce propos, petite souris, nous, les chats devrions associer nos neuf vies aux neuf vertus du karatéka. Nous acquerrions une vertu pour chacune de nos vies, lance en souriant le Charaté Kid pour résumer : l'honneur, la fidélité, la sincérité, le courage, la bonté, l'humilité, la droiture, le respect et le contrôle de soi.

— En tout cas, ajoute Chamaille, j'ai compris une chose très importante depuis que tu es parmi nous. Le karaté, c'est l'art de livrer bataille... tout en évitant la bataille !

— Tu as tout compris ! ajoute le félin japonais en inclinant légèrement la tête. Et j'ai l'intuition qu'entre toi et moi, il n'y aura désormais jamais plus que des combats...

— ...Amicaux ! miaulons-nous tous en chœur !

TABLE DES MATIÈRES

Isabelle Larouche

Native de Chicoutimi, près de la nature et des grands espaces, Isabelle Larouche a toujours gardé un contact étroit avec le monde imaginaire. C'est là qu'elle puise son inspiration, ses histoires palpitantes et sa douce magie.

Isabelle écrit depuis qu'elle est toute petite et n'a jamais cessé de le faire.

Après avoir été enseignante pendant une quinzaine d'années, elle partage toujours ses trésors d'imagination avec les enfants.

www.isabellelarouche.com

Nadia Berghella

Je suis une gribouilleuse professionnelle ! Une Alice au pays des merveilles, une gamine avec un pinceau et des ailes... Donnez-moi des mots, une histoire, un thème ou des sentiments à exprimer. C'est ce que je sais faire... ce que j'aime faire ! De ma bulle, j'observe la nature des gens. Je refais le monde sur du papier en y ajoutant mes petites couleurs ! Je sonde l'univers des petits comme celui des grands, et je m'amuse encore après tout ce temps ! Je rêve de continuer à faire ce beau métier, cachée dans mon atelier avec mes bas de laine et de l'encre sur les doigts.

www.nadiaberghella.com

La série
Shawinigan et Shipshaw

Tome 1   Tome 2

Tome 3   Tome 4

Achevé d'imprimer
en mars deux mille quatorze, sur les presses
de l'imprimerie Gauvin, Gatineau, Québec